# DISCOURS

## *EN VERS,*

# ET LETTRE

### *D'UN ACADEMICIEN,*

## SUR LA TRAGÉDIE

## *DE CATILINA.*

*A LA SINCERITE'.*

M. DCC. XLIX.

## *AVERTISSEMENT.*

L'Auteur de ce Difcours ne l'ayant point fait pour
être imprimé, a été fenfiblement mortifié qu'on
l'ait publié fans fa participation, fur tout avec autant
de fautes.

Les perfonnes qui fe font chargées de cette impreffion,
& qui avoient apparemment retenu la Piéce de mémoire, ont fupplée aux endroits qui leur étoient échapés,
par des vers de leur façon, qui outre qu'ils changent
le fens, n'ont pas même le nombre de fillabes néceffaire. On efpère réparer cette inattention par l'Edition
qu'on en donne ici, qui eft correcte, & par là un peu
plus digne du Public.

Comme on alloit mettre en vente la feconde édition
de ce Difcours, on nous a fait remettre la Piéce fuivante;
nous avons cru être obligé de la publier.

# DISCOURS
## EN VERS
## SUR LA TRAGÉDIE
## DE CATILINA.

ENFIN après vingt ans de téméraires plaintes,
De souhaits répétés & de malignes craintes,
Au gré des spectateurs satisfaits & contens,
Il paroît cet ouvrage, attendu si long-tems.

Monstre sourd & sans yeux, perfide calomnie,
Te voilà confonduë ! envain ta langue impie,
Sur d'odieux esprits répandant ses poisons,
Nourrissoit de ton fiel ces injustes soupçons.

Vien, l'Envie avec toi, ta Compagne insensée,
Percez par vos efforts cette foule empressée,
Ces flots impétueux excités par l'amour,
Que l'admiration vient grossir chaque jour.

A peine j'ai parlé : quelle vaste assemblée !
Votre supplice est prêt & la Toile est levée.
Allez loin de nos yeux dévorer vos fureurs,
Et du plaisir commun vous forger des douleurs.

CATILINA paroît : dans les mains d'un seul homme,
Je vois ou le salut ou la perte de Rome.
Son cœur rempli des feux de la sédition,

Dans les vastes projets de son ambition,
Se proposant pour but le Sceptre de la Terre,
Voudroit sur les Dieux même usurper le Tonnerre.
De qualités sans nombre assemblage inoui,
Souple, adroit, imposant, entreprenant, hardi,
Tranquille en ses succès, dans ses revers terrible,
Qui pour être vaincu, n'est pas moins invincible;
Brillant dans ses vertus, plus grand dans ses défauts,
Dont un seul suffiroit pour former des Héros.

PROBUS digne du choix d'un génie aussi rare,
Auprès de ce Dedale est un nouvel Icare.
Ebloui de sa gloire & du Pontificat,
Du centre des Autels proscrivant le Sénat,
Dans son ambition il excite les brigues,
Qui de CATILINA doivent hâter les ligues;
Ennemi dangereux ! grand comme ses pareils,
Par ses fourbes, sa haine, & ses lâches conseils.

De l'étranger SUNNON le rôle Episodique
M'offre ici des Gaulois l'éloge magnifique.
J'y vois comme l'honneur fut leur suprême Loi;
Et que tous nos sermens ne valent pas leur foi.

L'on nomme CICERON & mon plaisir augmente;
Il paroît . . . mais hélas ! pour tromper mon attente
Vois-je ici les vertus du zélé CICERON?
Est-ce là ce vainqueur d'une sédition,
Dont l'esprit délié d'un homme impénétrable
Nouoit profondément l'intrigue inexplicable;

Et dont l'art trop fatal , en ses complots divers ;
Devoit asservir Rome , ainsi que l'Univers ?
   CATON & le Sénat d'une foiblesse extrême ,
Méprisables jouets d'un grossier stratagême ,
Devant CATILINA promptement éclipsés ,
Par cent traits d'Epigramme indignement percés ;
Lâchement à mes yeux lui cédent la victoire ;
Et le laissent tout seul s'enroüer avec gloire.

Sans doute il est aisé d'élever un Héros
S'il ne faut pour cela que l'enter sur des sots.

   C'est ainsi qu'abusant d'un secret méprisable ,
Autréfois SCUDERY , par un moyen semblable
Attirant à longs flots des spectateurs grossiers ,
Dans L'AMOUR TYRANNIQUE * étouffoit cinq Portiers.
   Mais de nos jours , frappé de ce foible mérite ,
CREBILLON , est-ce à toi d'imiter sa conduite ?
Toi ! dont l'esprit brillant , superbe & vigoureux ,
Dans trois Actes parfaits contente tous nos vœux.

Si tu veux jusqu'au bout enlever mon suffrage ,
Donne à CATON une ame ainsi que du courage :
De tes bas Sénateurs réforme tous les traits ;
Pein sur-tout CICERON beaucoup mieux qu'il ne l'est ;
A ton Héros suspect retranche ses bravades ;
Et rehausse en un mot tous ceux que tu dégrades.

   * Piéce de Scudery.

Sur ces noms avilis l'ombre qui se répand
N'offre point à mes yeux CATILINA plus grand ;
Et j'abhorre dans lui cette indigne victoire.

Crois-en donc un ami qu'intéresse ta gloire :
Sans les secours aisés de ce honteux moyen,
Eléve son esprit en soutenant le tien ;
Que CICERON adroit , & CATON magnanime ,
Tour à tour avec lui balancent mon estime ;
Et que CATILINA , dans son juste malheur
N'en triomphe en mourant , qu'à force de grandeur.


Le 21. Décembre 1748.

# LETTRE

## D'UN ACADÉMICIEN
### DE TOULOUSE,
## A MESSIEURS
### DE L'ACADÉMIE FRANÇOISE.

*MESSIEURS,*

Dans la décadence trop sensible du goût & des talens qui commence à faire tort à la Nation, j'ai pensé que c'étoit à vous qu'il falloit s'adresser, comme on fait des remontrances à ses supérieurs dans des tems de disette. Nous avons sçû, Messieurs, qu'on avoit lu précédemment à vos assemblées publiques, plusieurs Actes de la Tragédie de *Catilina*, & nous avons pour vous une estime trop respectueuse pour penser qu'aucun de vous ait pu donner son suffrage à cette Pièce.

Nous sçavons même comment tout le Public en pense aujourd'hui, & nous pouvons vous assurer pour notre honneur, qu'il n'y a personne dans votre Académie qui n'ait ratifié l'Arrêt porté par tout le monde à la lecture. Mais ce qui nous surprend, ce dont nous ne trouvons aucune raison, c'est que le Parterre de Paris ait pû être, dit-on, ébloui quelque tems à la représentation : Nous concevons très-bien que des pièces mal écrites puissent séduire sur le Théâtre, par quelques situations touchantes, cela est très-commun ; mais nous ne voyons rien dans Catilina qui puisse le moins du monde excuser l'illusion. Il y a encore un autre point qui nous surprend ; ce font ces éloges affectés qu'on donne à cet ouvrage dans certains papiers publics ; on le loue, on l'admire, & on aporte en preuves des Vers de la Pièce, qui font tous barbares & vuides de fens ; de forte qu'on ne fçait fi ces Journaliftes politiques ou malins ont voulu rire ou parler férieufement.

No u s penfons ( & nous ofons croire que c'eft votre avis ) que la faveur prodiguée à des Pièces mauvaifes à un certain point, eft infiniment plus dangereufe pour l'intérêt des Lettres que ne peuvent l'être les critiques injuftes des bonnes Pièces ; car, Messieurs, vous fçavez combien le fuccès, même paffager, d'une méchante Tragédie, enhardit à en donner de pareilles, combien la pareffe s'encourage par cet exemple à ne pas travailler des Ouvrages qui demandent un foin fi prodigieux : On fe dit à foi-même, voilà une Tragédie fans conduite & fans verfification, qui a réuffi ; pourquoi me donnerai-je la peine extrême que l'économie de l'Art dramatique & la Poéfie exigent, puifque je peux fi facilement obtenir du fuccès ? Voilà, Messieurs, ce qui produit cette foule d'Ouvrages méprifables dont nous fommes inondés en tout genre ; il faut oppofer une digue à ce torrent. Et vous Messieurs, qui avez critiqué le Cid, vous trouverez bon fans doute que nous examinions ici, fous vos aufpices, une Pièce qui a été autant favorifée que le Cid fut perfécuté ; nous vous demandons pardon d'une telle comparaifon, elle ne tombe pas affurément fur ces deux Ouvrages, elle ne regarde que leur deftinée.

Ce qui nous a frappés de la première Scène, c'eft que les Perfonnages ne difent point du tout ce qu'ils doivent dire. On parle en général de Confpiration ; mais on ne dit point comment, pourquoi l'on confpire ; on avoit devant les yeux l'admirable expofition de Cinna, mais on fe garde bien d'imiter un tel modèle.

Catilina commence par dire à Lentulus :

> *Cesse de t'effrayer du sort qui me menace;*
>
> *Plus j'y vois de péril plus je me sens d'audace.*

Non seulement ces Vers sont mauvais, parce que cette expression, *je vois des périls au sort qui me menace*, est un galimatias entièrement barbare, ainsi que tout ce qui suit; mais ce même Catilina qui dit qu'on craint pour son sort, menace au contraire le sort de Rome, & ne dit pas un mot qui laisse seulement soupçonner *que son sort soit en péril*, pour me servir de ses expressions. Comme cette Scène a commencé par une contradiction, tout le reste nous en a paru une suite. Lentulus qui est non seulement l'égal, mais qui est le supérieur de Catilina, lui parle ainsi:

> *Dis-moi si ta fierté jusques-là peut descendre?*
>
> *Pourquoi faire égorger Nonnius cette nuit?*

Catilina daigne abaisser son orgueil, jusqu'à répondre en partie à cette question faite en si beaux Vers; il ne dit pas à la verité quel est ce *Nonnius* qu'il a fait égorger *cette nuit*; mais il l'a fait égorger, dit-il, pour conserver son crédit chez les Conjurés: c'est assûrément un beau secret, & c'est la vraie façon de se faire des amis; mais il en rapporte pour raison, *qu'il faut être prompt à plier*, & il ajoûte admirablement & élégamment, qu'on doit

> *Laisser de son renom le soin à ses succès;*
>
> *Tel on déteste avant que l'on adore après.*

Ce galimatias burlesque étant fini, le bon Lentulus change la conversation, & lui demande par manière d'acquit des nouvelles de ses maîtresses, Fulvie & Tullie, laquelle Tullie est fille de *Ciceron*, enfin l'objet de son courroux. Catilina répond que cette flâme où

> *l'on croit que tout son cœur s'applique,*
>
> *Est un fruit de sa haine & de sa politique.*

& qu'il ne s'applique à cette flâme, fruit de sa haîne, que pour perdre Cicéron : *Qu'il a sur ses rivaux sa gloire & sa valeur, qu'il veut avec les Dieux partager l'Univers, qu'il punira Rome de son obéissance, & qu'il est né pour l'Empire ou pour la liberté.*

Cet étrange persiflage achevé, il renvoie Lentulus pour faire observer Curius, dont il n'est point parlé ailleurs. Tout cela se passe dans un Temple. Il a ensuite une Scène avec un Grand Prêtre duquel l'histoire ne parle point ; & cette Scène n'est pas plus nécessaire à la Pièce que la première : Catilina y dit, que ce Temple

*Est orné de ses Ayeux,*

*Que Rome a cru devoir placer parmi ses Dieux ;*

quoiqu'assûrément il n'en soit rien ; il ajoûte que ces marbres généreux lui disent qu'il faut être *généreux autant qu'eux.* Ce qui veut dire suivant la construction ; qu'il faut être généreux comme ces marbr es.

Le grand Prêtre l'invite

*A pouvoir se vanter au reste des humains*

*Que sans avoir des Dieux emprunté le tonnerre,*

*Un seul homme a changé la face de la terre.*

Et enfin Tullie interrompt cette conversation ; Catilina renvoie le prétendu Grand Prêtre en lui disant noblement

*Et je vous rejoindrai bientôt si je le puis.*

Voici ensuite une Scène entre Catilina & Tullie, qui est d'une espèce nouvelle. Le galant Catilina lui fait d'abord ce beau compliment :

*Quoi, Madame, aux Autels vous devancez l'aurore !*

*Et quel soin si pressant vous y conduit encore ?*

*Qu'il est doux cependant de revoir vos beaux yeux,*

*Et de pouvoir ici rassembler tous mes Dieux !*

Tullie répond que si ses *yeux* sont des *Dieux*, ses yeux abhorrent les impies, & que si le pouvoir de ses *yeux* égaloit le courroux de ses *yeux*, la foudre deviendroit le moindre coup de ses *yeux*.

On auroit peine à croire que dans ce tems ici on puisse écrire de ce style ; cependant à la honte du siécle, la chose n'est que trop vraie; & nous vous avouons, MESSIEURS, que nous avons ressenti quelque indignation en voyant qu'un homme de votre Corps écrit comme il n'auroit pas été permis à Garnier d'écrire ; nous croyons que c'est contribuer au deshonneur de notre siécle & de vous même, que de ne pas marquer combien vous êtes éloignés de tolerer de semblables sottises.

Je poursuis, MESSIEURS. Tullie se plaint qu'on a égorgé ce Nonnius, & toujours sans dire qui il est, ni par quelle raison, ni comment ce Nonnius a été égorgé cette nuit; elle accuse Catilina d'une horrible conspiration, & toujours en citant *les Dieux*, pour remplir les Vers : qui croiroit que Catilina ainsi accusé par sa Maîtresse, par la fille du Consul, qui a *des yeux* dont la foudre devient *le moindre des coups*, lui pût répondre,

> *D'un reproche odieux reprimez la licence ;*
>
> *Songez pour violer le respect qui m'est dû,*
>
> *Qu'il faut auparavant que je sois convaincu.*

Tullie ayant donc manqué ainsi au respect, fait paroître un témoin ; & ce témoin c'est une Maîtresse de Catilina, qui est deguisée en esclave. Pourquoi cette mascarade digne du Théatre de la Foire ? Nous n'en sçavons rien. Fulvie cette Dame Romaine étant inconnue de Tullie, n'avoit certainement pas besoin de prendre un habit de valet, & si elle avoit quelque déposition à faire, si dans son emportement contre Catilina elle vouloit le perdre, elle pouvoit & devoit le faire sans prendre un habit de valet, qui ne cache pas son visage ; vous sentez, Messieurs, combien ce déguisement est puerile, indécent, inutile, & à quel point de telles mascarades aviliroient la Scène Tragique.

Catilina ainsi accusé d'une conspiration dont ni lui ni son accusatrice n'ont encore fait le moindre détail, demeure seul sur la Scène, & se dit à lui tout seul tout ce qu'il auroit dû dire auparavant à ses amis. Il est vrai qu'il le dit dans les Vers les plus durs & les plus obscurs qu'on ait jamais fait. Enfin il s'en va en concluant avec son élégance ordinaire, que

> *Pour rendre sans effet le courroux de Tullie,*
> *Il va mettre à profit la fureur de Fulvie.*

En attendant, Messieurs, qu'il mette à profit les fureurs de Fulvie, nous vous demandons si vous connoissez un premier Acte plus bizarre, plus obscur, plus dénué de bons sens, & plus barbarement écrit ; & nous vous demandons comment il a pû arriver que ceux qui étoient les Protecteurs de cet Ouvrage, forcés d'abandonner les derniers Actes, se rehaussassent à dire que le premier étoit plus beau que Cinna. Voilà Messieurs, jusqu'où le ridicule de l'esprit peut aller.

Les Protecteurs de Pradon avoient à coup sûr plus de raison de faire valoir sa Phédre ; car enfin elle n'étoit que plate, & on ne pouvoit pas lui reprocher un langage toujours vicieux, & une conduite de la dernière extravagance.

Vous me dispenserez, Messieurs, d'entrer dans le desagréable & ennuyeux détail des Scènes du second Acte. Vous sçavez à quel point ces malheureux Dialogues qui n'aboutissent à rien, entre Catilina, le Grand Prêtre, & sa Maîtresse Fulvie, sont révoltans. Mais c'est sur Cicéron que je ne puis me taire ; oüi, Messieurs, vous devez en qualité de Maîtres de la Langue & de soûtiens de l'Eloquence, une répa-

ration authentique à ce grand Orateur, à ce Conful vigoureux, pénétrant & agiffant, qui feul fauva la Repu-
blique ; vous lui devez juftice de la façon indigne dont
un Membre de votre Compagnie le fait parler & agir.
Et quoi, MESSIEURS ! il fera dit que dans notre
fiécle, & fous vos yeux, votre Confrère ait pouffé l'i-
gnorance & le mauvais goût jufqu'à nous faire du
grand Cicéron, un imbecile ! Quoi, MESSIEURS !
quand toute la Terre fçait que cet admirable Conful
veilla dès les premiers jours de fon adminiftration fur
les menées de Catilina, que ce fut lui qui par fes foins
infatigables découvrit toute la confpiration, & qu'il ar-
ma tout l'Ordre équeftre ; qu'enfin il parla avec tant
de force au Sénat que Catilina fut confondu par lui ; il
fera permis à un homme fans Lettres de venir hardi-
ment nous peindre Cicéron comme un vieux perfonnage de Comédie, à qui Catilina dit qu'il fait l'amour à
fa Fille, & qui a la bêtife de donner dans ce panneau ;
& encore pour rendre cette impertinence complette,
ce bon homme que Catilina a traité comme un valet,
fe met à dire dans un monologue :

*Ah ! qu'il eft dangereux & qu'il eft redoutable !*

*Employons fur fon cœur le pouvoir de Tullie,*

*Puifqu'il faut que le mien à ce point s'humilie.*

Je ne parle pas ici, MESSIEURS, des Vers plats,
obfcurs, raboteux, barbares, qui fourmillent dans ce
fecond Acte ; je fuis fi indigné du perfonnage bas &
aviliffant qu'on donne à ce grand Homme de ce tems-
là, que toutes les autres fautes difparoiffent devant
cette énorme bévûe : fi la fidélité de l'hiftoire deman-
doit du refpect pour la mémoire des Grands Hommes
de l'ancienne Rome, c'étoit fans contredit pour Cicéron. Que diroient vos Mongaults, vos Bouhiers, vos
Dolivets, en voyant ainfi deshonorer le Pere de fa Pa-
trie & de l'Eloquence ; cette impertinence eft bien di-

gne de vos mauvais Auteurs d'aujourd'hui, qui déni-
grent Cicéron pour mettre en crédit le petit style pin-
cé & fardé, & qui voudroient donner du ridicule à
l'Antiquité la plus respectable pour faire passer leurs
jolies phrases & leur jargon.

Je demande justice à l'Académie d'un tel attentat
contre l'Histoire & contre l'Eloquence ; je serois tenté
de demander justice à la Nation, de ce qu'au troisième
Acte on travestit des Députés d'une Province de la
Gaule Cisalpine, soumise aux Romains, en Ambassadeurs de notre pays ; il est vrai qu'heureusement on ne
fait paroître qu'une fois ces Ambassadeurs inutiles ;
mais cette fois seule en est encore trop. L'un de ces Mi-
nistres d'une espèce toute nouvelle, nommé *Sunnon*,
assûre Catilina que la foi de ses pareils.

> *N'est pas frivole,*

> *Qu'il est Gaulois, ainsi fidéle à sa parole ;*

*Que l'honneur est le premier de leurs Dieux ; qu'à leurs
desseins c'est l'honneur qui préside, que leurs Dieux,
leurs Souverains, la gloire & le devoir*, & le reste
sans que la phrase soit seulement achevée. Il ajoûte que
dans ce discours il a peu ménagé, *la majesté de la rivière
du Tibre* ; mais il conclut en faisant toujours mention
*des Dieux*, & toujours avec la même pureté de style :

> *Si-tôt que de nos soins notre sort dépendra,*

> *Je parlerai aux Dieux comme à Catilina.*

Remarquez, MESSIEURS, que Catilina répond
à ce beau discours :

> *Je ne condamne point un discours magnanime,*

> *Qu'un interêt sacré doit rendre légitime ;*

> *Mais je le blâmerois, sur tout si ma vertu*

> *Ne vous inspiroit pas un respect qui m'est dû.*

Vous voyez que ce grand Catilina qui aime un discours qu'un saint intérêt rend légitime, aime fort qu'on
le respecte; il a dit à la fille de Cicéron qu'elle manquoit
au respect qui lui est dû, & il veut sur-tout que sa ver-
tu inspire à l'Ambassadeur Gaulois le respect qui lui est
dû; ce Gaulois dont l'honneur est le premier *des Dieux*,
& qui sçait très-bien qu'il a affaire à des scelerats, à une
troupe de bandits, dit à Catilina leur Chef:

*Ah! dès que votre bras s'arme par la justice,*

*Il n'est point de Gaulois qui ne vous obéisse;*

*Touchez dans cette main, ce sont là nos garants.*

Après donc que cette main à été des garants, & qu'on
a touché là, vous sçavez, Messieurs, le beau
Rôle que la Fille de Cicéron vient jouer, vous sçavez
les belles maximes que Catilina débite, vous sçavez
*que le succès est un enfant de l'audace, que l'illusion fuit
l'homme prudent, que l'intrépide voit mieux & que le
fantome fuit; que c'est un trait de prudence d'aller jusqu'à
l'insolence:* tout cela, Messieurs, *est de la même
force, de la même verité, de la même élegance que tout
le reste.*

Je ne vous ennuierai point de l'Assemblée du Sénat
au quatriéme Acte, nous avons apris qu'on rioit à
cette Scène comme à une farce, & le *tais-toi* dont Caton est regalé par Catilina, les injures des halles que
ce Héros dit aux Senateurs, sont en effet la farce la
plus basse que nous ayons vûe depuis long-tems; il se-
roit superflu de rebatre ici ce que j'ai eu l'honneur de
vous dire sur Cicéron.

Vous m'avouerez qu'il est extrêmement comique,
que le Consul, au lieu de prononcer une Catilinaire,
dise bonnement:

*Catilina, daignez reprendre votre place,*

*De vos soins par ma voix le Sénat vous rend grace:*

Mais il n'eſt pas moins plaiſant que Caton diſe,

> *Catilina, je vois que tu n'es point coupable;*
>
> *Mais ſi tu l'es, tu n'es qu'un homme déteſtable;*
>
> *Car je ne vois en toi que l'eſprit & l'éclat*
>
> *Du plus grand des mortels, ou du plus ſcelerat.*

Je vois, MESSIEURS, que l'on n'a point proſcrit le *car* dans votre Académie, bien qu'il ait ſoutenu de rudes attaques autrefois; mais je ne m'attendois pas à le voir en Vers, quelque noblement accompagné qu'il ſoit.

Puiſque tout le Public convint à ce qu'on nous manda, que les deux derniers Actes étoient *un peu foibles*, ce n'eſt pas la peine de diſſéquer ici ces deux Membres d'un Corps qui eſt mort aujourd'hui, & je ſens qu'une Critique en forme d'un Ouvrage qui n'a point de forme, pourroit à la fin ennuyer autant que la Pièce même; j'ajouterai ſeulement que quand même la Pièce eût été auſſi bien conduite que l'Electre de Sophocle, la façon dont elle eſt écrite d'un bout à l'autre la rendroit un Ouvrage déteſtable & ridicule. C'eſt vous que j'en atteſte, MESSIEURS, connoiſſez-vous un bon Ouvrage mal écrit? Il n'y en a point; & Boileau a prononcé cet arrêt en mourant, contre le ſtile vicieux de Radamiſte, & Mr. Racine nous aprend que Boileau ce grand Critique diſoit que le ſtile de Pradon étoit fort au-deſſus de celui de tous ces Ouvrages bourſouflés & pleins de barbariſmes qu'on donnoit alors & qu'on a donnés depuis.

Mais, MESSIEURS, ſi vous mettez les mots de *Paris* & de *Public* dans votre Dictionnaire, daignez nous définir ce que c'eſt que le *Public* de *Paris*. Ayez la bonté de nous dire par quel étonnant preſtige on a été pendant vingt Repréſentations à une Tragédie qui faiſoit rire, & qui eſt regardée à préſent comme un chef-

d'œuvre

d'œuvre d'abfurdité ; dites-nous fi on a été voir quelquefois cette Pièce dans le même efprit qu'on lit le Poëme de la Magdelaine, dont il y a plufieurs Editions ; c'eft donc le privilége du ridicule d'attirer la populace ? Nous fommes perfuadés que la poftérité fera très-embaraffée à expliquer cette Egnime ; nous l'avons trouvé dans le Mercure Galant, mais nous n'avons pû encore en deviner le mot : ce Mercure qui confomme toujours fa place affignée le plus bas qu'on a pû, vient dans nos Provinces, nous y avons lu un article fur Catilina, dreffé par Mr. Rémond de Ste. Albine, dans lequel il prodigue les éloges à Catilina, aux dépens même de Racine. Voilà, MESSIEURS, où nous en fommes ; nous devenons la rifée des autres Nations ; on dit par-tout que nous retombons dans la barbarie ; cependant il eft certain que le Public n'eft point Oftrogot, que fi les Auteurs le font, & s'il les tolère quelque tems il reclame enfuite contre fa propre indulgence avec autant de force qu'il a paru avoir de foibleffe ; mais fupofé que dans quelques années on fache que les Journaux ont loué Catilina, & que la plus méchante & la plus folle Pièce qui ait jamais paru, a été imprimée au Louvre, que penfera-t'on de nous ? Voilà, MESSIEURS, ce qui nous a engagés à prendre la liberté de vous écrire, afin de dépofer entre vos mains une Proteftation contre les juftes reproches qu'on pourroit faire à notre fiécle ; Nous ofons même affûrer qu'il eft néceffaire que vous donniez en cette occafion quelque marque du zéle que vous avez pour le bon goût & pour la pureté de la Langue, qui font fi indignement violés aujourd'hui ; c'eft ce que Nous attendons d'un Corps auffi refpectable.